Lembranças de Aninha

CORA CORALINA

Lembranças de Aninha

Ilustrações
Claudia Furnari

global

© Vicência Brêtas Tahan, 2017

1ª Edição, Global Editora, São Paulo 2021
1ª Reimpressão, 2023

Jefferson L. Alves – diretor editorial
Flávio Samuel – gerente de produção
Cecilia Reggiani Lopes – seleção e edição
Juliana Campoi – coordenadora editorial e revisão
Claudia Furnari – ilustrações e projeto gráfico

Dados Internacionais de Catalogação na Publicação (CIP)
(Câmara Brasileira do Livro, SP, Brasil)

Coralina, Cora, 1889-1985
  Lembranças de Aninha / Cora Coralina; ilustrações de Claudia Furnari. – 1. ed. – São Paulo : Global Editora, 2021.

  ISBN 978-65-5612-106-2

  1. Literatura infantojuvenil. 2. Poesia – Literatura infantojuvenil. I. Furnari, Claudia. II. Título.

21-60952   CDD-028.5

Índices para catálogo sistemático:
1. Poesia : Literatura infantil   028.5
2. Poesia : Literatura infantojuvenil 028.5

Maria Alice Ferreira - Bibliotecária - CRB-8/7964

Obra atualizada conforme o
NOVO ACORDO ORTOGRÁFICO DA LÍNGUA PORTUGUESA

global editora

Global Editora e Distribuidora Ltda.
Rua Pirapitingui, 111 – Liberdade
CEP 01508-020 – São Paulo – SP
Tel.: (11) 3277-7999
e-mail: global@globaleditora.com.br

 globaleditora.com.br   @globaleditora

 /globaleditora   @globaleditora

 /globaleditora   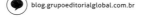 /globaleditora

blog.grupoeditorialglobal.com.br

 Direitos reservados.
Colabore com a produção científica e cultural.
Proibida a reprodução total ou parcial desta obra sem a autorização do editor.

Nº de Catálogo: **3203**

SUMÁRIO

Bem-te-vi... Bem-te-vi... 8

A menina, as formigas e o boi 11

"Ô de casa!" 16

Sequências 20

Dona Otília 23

Os gatos da minha cidade 28

O mandrião 31

Imaginários de Aninha (A roda) 34

Antiguidades 38

A fala de Aninha (É abril...) 46

Lembranças de Aninha (Os urubus) 49

O boi de guia 53

Bem-te-vi... Bem-te-vi...

Que terás visto?
Há quanto tempo tu avisas, bem-te-vi...
Bem-te-vi da minha infância, sempre a gritar,
sempre a contar, fuxiqueiro,
e não viste nada.

Meu amiguinho, preto-amarelo.
Em que ninho nasceste, de que ovinho vieste,
e quem te ensinou a dizer: Bem-te-vi?...
Bem te vejo, queria eu também cantar e repetir
para ti: Bom dia, bem te vejo, te escuto.
Bem-te-vi sobrevivente
de tantos que já não voam sobre o rio,
nem pousam nas palmas dos coqueiros altos...

Mostra para mim, meu velho companheiro de uma infância ultrapassada,
tua casa, tua roça, teu celeiro, teu trabalho, tua mesa de comer,

tuas penas de trocar,
leva-me à tua morada de amor e procriar.
Vamos ao altar de Deus agradecer ao criador
não desaparecerem de todo os bem-te-vis
dos Reinos de Goiás.

Canta para mim, tão antiga como tu,
as estorinhas do passado.
Bem-te-vi inzoneiro, malicioso e vigilante.
Conta logo o que viste, fuxiqueiro do espaço,
sempre nas folhas dos coqueiros altos,
que também vão morrendo devagar como morrem os coqueiros,
comidos de velhice e de lagartas.

A menina, as formigas e o boi

Sempre gostei de olhar carreirinha de formiga. Seus movimentos. Suas constâncias. Acho que aprendia muito com elas, que formiga muito ensina. Aquele vaivém continuado, aquele poder. Suas cargas pesadas, todas coletivas, intencionadas. Carregos de coisas misteriosas, fanicos, indistintos. Elas sábias, instruídas, sagazes.

De menina, debruçava na terra, olhava. Acompanhava. Criava estorvos. Interditava. Cacos cheios d'água, depois dava ponte. Derrubava, elas nadando, emboladas. Salvava. Repunha. Malvadezas de criança. Vezes outras trazia agrados. Punhados de farinha grossa. Espalhava no carreirinho delas. Recolhiam grã a grã. Vassouravam, levavam tudo para sua casa subterra. Eu inventava coisas. Entrava com elas casa adentro. Belezas. Jardim, mesas, cadeirinhas, redinhas. Crianças formigas balançando. Brincando de roda, cantando "Senhora dona Sancha". Eu com elas.

Em casa misturava essas coisas. Contava. Afirmava. Tinha entrado na casinha delas. Os vistos. Recontava. Jurava. Minhas irmãs gritavam: Mãiee... Aninha já é vem com a inzonas dela... Vem vê ela... Mãe vinha altaneira. Ralhava forte. Me fazia calar. Tinha seus medos. Fosse tara. Um ramo de loucura, eu sendo filha de velho, doente. Meu Pai mortal quando nasci.

Eu era menina boba. Tinha medo da morte, ficar piticega, doente, feridenta, sendo filha de velho. Corria para minha bisavó. Ela era boa. Consolava. Todos viam em mim a velhice e doença de Pai. Morreu quando eu nasci.

Eu era assim sardenta, diziam: cara de ovo de tico-tico... Chorava. Perna mole – caía à toa. Inzoneira... Não sabia o ser da palavra. Doía só eu. Minhas irmãs não, nenhuma era inzoneira, só eu.

Acreditava no capeta, tinha medo que entrasse no meu corpo. Acreditava – boneca de noite vira gente pequenina. Dão bailes, fazem suas festas, comidinhas, arrumavam suas casinhas. Levantava sutil, ia ver. Depois contava. Tinha visto coisas... Aí Dindinha teve dó de mim. Ralhou forte. Arrazoou – deixassem dessa conversa – filha de velho doente, me faziam parva...

Esse e outros temas de gente grande eu ouvia e fui guardando, fazendo segredo das bonecas, da minha ida constante à casa delas, da intimidade com as formigas. Situei um porãozinho dentro de mim escondido, maliciado.

Não falava mais. Escondia meus achados. Tia Joana veio um dia, me agradou, me deu um vintém, disse – coitadinha – órfã de Pai. Guardei a palavra. Eu era órfã de Pai... Tive dó de mim. Chorei escondido.

Nesse tempo descobri um ninho de fogo-pagou no galho da laranjeira. Morei tempo nele. No oculto. Batizei os filhotes. Dei nomes. Eu era madrinha. Meus compadres. Calada, disfarçada. Ia aprendendo as astúcias.

O quintal era grande. Meu mundo. Via o meu Anjo da Guarda, ele me dava consolo, falava do céu, me protegia do capeta. Aprendi a rezar.

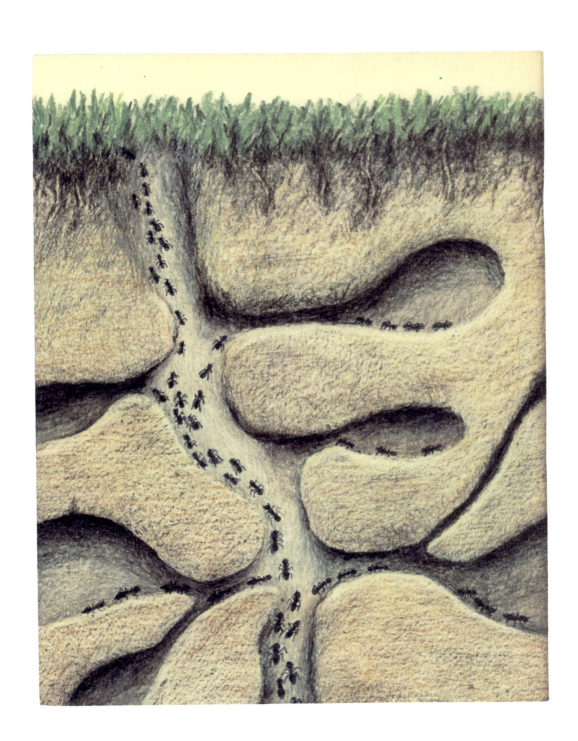

E foi que tinha ido às descobertas. Passei no carreirinho delas, reparei. Atravancado, dificultado. Perguntei: tinham achado um boi morto, só que faltava uma perna traseira. Deram conselhos... Mandantes. Escoteiras fossem a ré, procurar, trazer a perna. Estaria de certo lá...

O carreirinho varridinho de suas passagens constantes, baldeando coisas, cargas. Tropeiras, todas. Armocreves – gramática de minha bisavó, ela falava no antigo. Armocreves... guardei.

Agora então, dessa feita, era um boi. Elas todas azafamadas. Aquele povinho escuro, miúdo, incansável, se virando, arrastando, puxando, removendo. Empurra-empurra. Mutirão.

O achado. A caminho, de todo jeito. De arrasto. Carregado. Vai que vai... ia. Na ilharga as culatreiras. Vinha. Vinham prazenteiras, ligeiras, na rabadilha. Encontrada a perna.

O grosso estava na frente. Porção delas, festivas. A despensa abarrotada. Suas abastanças. Apareceram demais ajudantes. Avulsas, alvissareiras, esforçadas coletivas.

Mesmo força de formiguinha vale. Vontade decidida exemplar. Aquele povinho inocente, esperto. Diligente, formigueiro. As estafetas, escoteiras na retaguarda. O achado... vinham vindo de vista, até cantavam seus alegres. Todas apressadas. Tivessem medo. Viessem os donos do boi, armassem briga, contenda, dessem guerra, destruição.

Na frente o magote trocando lugares, os pontos. A culatra. A perna separada do boi. Eu atenta me exemplava. Aquilo. Aquela correição interessada de todas.

Foi indo e foi dando. Deu. Perdi o prazo das horas. Pensei ajudar. Botar na entrada. Desisti. Deixar tudo por conta de suas diligências. Ficar ali de fiscal curiosa no que se ia dar.

Mãe chamou lá em casa. Surdei. Mãe não tornou a chamar. De certo chegou visita.

O boi, a perna apartada do boi. Aquela província sortida, armazenada, afarturada, mesa cheia garantindo tempo bom.

E foi que chegaram à porta estreita, funil, engenharia, arquitetura delas. Aí, pensei, como vão entrar o boi... Parou o cortejo. Deram chamada. Vieram umas grandonas – modo de dizer – cabeçudas, arruivadas. Dentes, serras, serrotes, ferrão, mandíbulas. Sei... Deram de recortar. Mediram tamanho certo. Perna traseira, perna dianteira, a cabeça repicaram. Arredondaram a barriga. As menorzinhas influídas, puxando para dentro. Sumiam na fura suas cargas, partes recortadas. Armazenavam, entulhavam. Suas barriguinhas cheias, arrotando de certo.

Introduziram tudo. Deram jeito, astutas, diligentes formiguinhas. De comprido lá se foram as pernas. A culatra ovante.

Eu olhando, boba. Aprendendo, que formiga muito ensina. Mestras. Um boi para elas, povinho miúdo de Deus, diligente, influído, achado no carreador, particular delas.

Para mim, menina parva e obtusa, eu via – era um grilo.

"Ô de casa!"

Havia na roça umas tantas práticas que se cumpriam religiosamente.
Os chegantes: "Ô de casa". "Ô de fora. Tome chegada, se desapeia."
O viajante, estranho ou não, descia do animal.
Rebatia o chapéu, tirava, pedia uma parada de um dia ou mais,
vinha de longe, de passagem, os animais esfalfados.
Um dia de descanso, um particular com meu avô e dono.
Meu avô fazia entrar, seu escritório, mesa de escrever vasta,
recoberta de encerado, duas gavetas, suas chaves sempre esquecidas
na fechadura. Um relógio antigo de caixa. Duas malas encouradas,
cheias de papéis, antigas cartas amarradas em maços e soltas.
Um óculos de alcance proibido às crianças. Suas armas de caça,
patrona, polvarinho, chumbeiro, tufos de algodão, espoletas,
algumas armas desusadas, outras de uso, penduradas num cabide alto,
fora do alcance da meninada.
Ali, o viajante se identificava melhor. Se desarmava,
entregava suas armas de cano e de cabo ao dono da casa.
Era preceito social. Meu avô aceitava ou não,

conforme o seu conhecimento do visitante. Recolhia numa das gavetas
para restituir na saída. De outras, pessoas conhecidas, de conceito,
meu avô não consentia que lhe entregassem os ferros. Que ficassem
[com eles,
alta confiança. Recusavam sempre. Pediam a meu avô que os guardasse
em confiança e meu avô atendia, mostrava-lhes a gaveta,
quando os quisessem, ali estavam.

Também de praxe na partida, na montada, meu avô descia os degraus,
segurava o estribo, honra maior concedida a uns tantos em cerimonial
competente e rústico, estas coisas... Ajudar também uma senhora
a montar no seu cilhão, oferecer-lhe o apoio da mão espalmada
e ela, sutil, prática, num leve apoio passava para a sela adequada.
Também oferecer-lhe o estribo. Todo este ritual era cumprido com rigor
e os jovens, mesmo analfabetos e rústicos, aprendiam e praticavam.
Normas de cortesia roceira com seu toque romântico de boas maneiras.

Acontecia à noite, alta noite com chuva, frio ou lua clara,
passantes com cargueiros e família darem: "Ô de casa..."
Meu avô era o primeiro a levantar, abrir a janela:
"Ô de fora... Tome chegada."
O chefe do comboio se adiantava:
"De passagem para o comércio levando cargas, a patroa perrengue,
mofina, pedia um encosto até 'demenhã'."
Mais, um fecho para os "alimais".
Meu avô abria a porta, franqueava a casa.
Tia Nhá-Bá, de candeia na mão, procurava a cozinha,
acompanhada de Ricarda sonolenta. Avivar o fogo, fazer café, a praxe.
Aquecer o leite. Meu avô ouvia as informações. Não especulava.

Oferecia acomodação, no dentro, quarto de hóspedes.
Quase sempre agradeciam. Se arrumavam ali mesmo no vasto
[alpendre coberto.
Descarregavam as mulas, encostavam a carga.
Tia Nhá-Bá comparecia, oferecia bacião de banho à dona, e aos
[meninos, quitandas.
Aceitavam ou não. Queriam, só mais, aquele encosto,
estendiam os couros, baixeiros, arreatas, se encostavam.
Meu avô franqueava o paiol. Milho à vontade para os animais de sela,
[de carga.
Eles acendiam fogo, se arranjavam naquele agasalho bondoso, primitivo.

Levantávamos curiosas, afoitas, ver os passantes.
Acompanhá-los ao curral, oferecer as coisas da casa.
Ajoujavam os cargueiros, remetiam as bruacas nas cangalhas.
Faziam suas despedidas, pediam a conta das despesas.
Meu avô recusava qualquer pagamento – Lei da Hospitalidade.
Os camaradas já tinham feito o almoço lá deles. Já tinha madrugado
para as restantes cinco léguas. Convidava-se a demorar mais na volta.
Despediam-se em gratidão e repouso.
Era assim no antigamente, naqueles velhos reinos de Goiás.

Sequências

Eu era pequena. A cozinheira Lizarda
tinha nos levado ao mercado, minha irmã, eu.
Passava um homem com um abacate na mão e eu inconsciente:
"Ôme, me dá esse abacate..."
O homem me entregou a fruta madura.
Minha irmã, de pronto: "vou contar pra mãe que ocê pediu abacate na rua".
Eu voltava trocando as pernas bambas.
Meus medos, crescidos, enormes...
A denúncia confirmada, o auto, a comprovação do delito.
O impulso materno... consequência obscura da escravidão passada,
o ranço dos castigos corporais.
Eu, aos gritos, esperneando.
O abacate esmagado, pisado, me sujando toda.
Durante muitos anos minha repugnância por esta fruta
trazendo a recordação permanente do castigo cruel.
Sentia, sem definir, a recreação dos que ficaram de fora,
assistentes, acusadores.

Nada mais aprazível no tempo, do que presenciar a criança indefesa espernear numa coça de chineladas.

"É pra seu bem," diziam, "doutra vez não pedi fruita na rua."

Dona Otília

Ninguém sabia por que. Ela tinha pegado nome de gente,
acrescido mais de dona. Era Dona Otília. Até os trabalhadores
que iam ao quarto dos arreios buscar qualquer pedaço de corda,
velhas ferramentas, achavam graça nela.
Sempre no seu canto, deitada ou especada,
cochilando ou de olho redondo e vivo, acomodada no seu canto.
Aconteceu sim, que aconteciam dessas coisas lá na fazenda, vez por outra,
        [uma galinha sadia e botadeira dava de ter suas dificuldades
de soltar naturalmente o ovo. Ficava pelos cantos do terreiro
                        [malconformada,
tentando com o próprio esforço e ajuda da mãe natureza
sair da entalada.
Às vezes morriam, sumiam, pouca falta faziam. Eram tantas...
Cacarejantes, cristas vermelhas, alegres procurando os ninhos,
arrastando ternadas de pintos de todos os tamanhos,
chocando pelos matos, constantemente voltavam ao terreiro,
comboiando ternadas de pintos.

Quando não eram os galos que as traziam.
Galos cantores, bem empenados,
desses que cantavam até encostar o bico no chão.
Donos das madrugadas, respondendo a todos os poleiros do mundo,
dominavam com a sua plumagem, esporões e cristas vermelhas
o terreiro da fazenda.
Voltando às galinhas doentes, às vezes vinha socorro
quando Siá Balbina e Nicota davam pela coisa.
Elas traziam de olho a criação e entendiam das chocas.
Aplicavam seus remédios, diagnosticavam,
no entendimento que vinha da ignorância esclarecida pela prática.
Ovo atravessado. Caso às vezes complicado, ovo quebrado,
oveiro de fora, muito pior. Pegavam a galinha, facilmente,
sem mais possibilidade de fuga, levantavam pelas pernas,
davam umas sacudidelas de lá pra cá
debaixo para cima, num movimento de quem estivesse socando.
Era num instante, ovo pra fora e a galinha restaurada, solta,
meio estonteada, mas já aliviada.
Sim, que passava uns dias sem botar,
depois entrava na rotina, vermelha a cantarolar botando.
Não tão fácil a de ovo quebrado.
Com essa era a cirurgia mais complicada,
onde entrava azeite de mamona e a manobra dos dedos sábios
tirando de dentro as cascas do ovo quebrado, sabe-se
lá por quê.

Recuperava-se, às vezes, e era condenada à panela,
ficava estéril, improdutiva.
Foi o que aconteceu com Dona Otília.

Em observação, depois da penosa delivrance por conta
de Siá Balbina,
foi largada no quarto dos bagulhos. Pegado ao paiol
era morada tranquila de ratos abundantes, não faltando milho.
No canto mais discreto, sabiamente canto da porta,
acomodou-se a galinha operada. Ninguém mais se lembrou dela
sem esquecer que Siá Balbina proveu uma cuia d'água.
O tempo deu o seu giro, e muita coisa se passou na Fazenda,
entre donos, moradores e criação miúda.

E foi que certo dia, com admiração de todos, apareceu Dona Otília
na porta do quarto, desceu mesmo o batente
e se especou contra o baldrame e ali ficou atenta,
vendo a galinhada, companheira,
catar as mancheias de milho que Siá Balbina atirava para os lados.
Foi geral o espanto. Até as companheiras de papo cheio,
na passagem para se abrirem pasto afora, paravam e segredavam
com ela, bico a bico. De certo se alegravam, se cumprimentavam
                                                        [entre elas.
Mesmo o galo carijó ao passar fez menção de arrastar
a asa. Foi um espanto. Dona Otília deu de deixar o canto escuro do
                                                        [seu resguardo
e vir todos os dias se especar contra o baldrame,
tomando sol, participando, à sua moda.
Foi aceito que não teria destino de panela e ficasse de observação.
O terreiro reconheceu seus direitos à permanência.
O tempo ia passando e Dona Otília deu de cantarolar e mudar de cores.
Plumagem nova, crista e barbelinhas vermelhas,
olhinhos vivos, orelhinhas brancas,

era dessa nação de galinha carijó de orelhas brancas.
Siá Balbina assuntando, às vezes resmungando, se benzendo.
Siá Nicota, segredando com Siá Balbina, sacudia a cabeça descrente.

Aconteceu que depois de um sumiço de que foi novamente esquecida,
num dia de sol, Dona Otília aflorou na porta do paiol,
especada no baldrame, toda compenetrada, chamando choco
e com uma réstia de pintos pretos de pontinha de asa branca,
tirando para empenados carijós.
Siá Balbina conversou com a Nicota: "Num falei, Nicota...
Suncê perdeu a aposta, tudo raça do galo carijó.
O sem-vergonha que não respeita nem galinha doente".
Ao que retrucou a Nicota:
"Foi bão, Bá. Deixou ela sadia."

Os gatos da minha cidade

Goiás já foi terra de muitos gatos.
Pelas casas, parindo suas ninhadas
debaixo dos fogões
e no abaciado dos barreleiros desativados,
em correrias pelos telhados,
estirados ao sol, em cima dos muros,
se espreguiçando pelas salas,
arqueando o dorso num espreguiçamento
gracioso e felino.
Eram pretos, luzidios, manchados, mouriscos, pequenos e maiores,
caçadores de ratos ou ladrões furtivos
da carne comprada nos cortes.
Bem-aceitos ou afugentados, rejeitados,
cuidadosos, escondendo suas coisas ou deixando,
relaxados, pelos cantos.
Conviviam com os vira-latas e felpudos da casa.

Lá um dia, amigos, irmanados à volta da gamela de leite,
um miado de aviso rancoroso, um rosnado em represália,
um arranco, um latido e o gato célere
escapa da garra do inimigo.
Salta no primeiro poste e volta-se para o cão,
rasgado o tratado de trégua e paz.
Agressivo, em miados ameaçadores, desafia o cão e seu tamanho.
A salvo, ameaça e faz carranca.
O cão olha, mede altura do pequeno inimigo astuto
e pensa lá consigo, com seu pelos, como pensam os cães:
"É, lá com este não tem jeito, ninguém pode."
Sacode os pelos, alivia a carranca e desiste da briga.
O medo é parelha da dúvida.
Quem duvida não tem o espírito de construção.
Jamais será um semeador.

O mandrião

Eu vestia um mandrião
recortado e costurado para mim
de uma saia velha da minha bisavó.
E como aquele mandrião
me fazia feliz!...

Eu tinha um mandrião...
Eu vestia um antigo mandrião
recortado e costurado para mim
de uma saia velha
da minha bisavó.

Eu brincava, rodava, virava roda,
e o antigo mandrião se enchia
de vento balão.

Aninha cantava, desentoada, desafinada,
boba que era.

Meu mandrião, vento balão,
roda pião, vintém na mão.
Os grandes exploravam.
Irônicos, sarcásticos.
"Faz caramujo, Aninha."
Aninha, a boba,
rolava no chão,
fazia caramujão.
Riam e diziam:
"é boba mesmo."

Imaginários de Aninha
(A roda)

As meninas do colégio no recreio brincavam do velho
e jamais esquecido brinquedo de roda.
E eu, ali parada, olhando.
Esquecida no chão a cesta com sua roupa de volta para
[mãe lavar.
Tinha nos olhos e na atitude tal expressão,
tanto desejo de participar daquele brinquedo
que chamei a atenção da irmã Úrsula que era a vigilante.
Ela veio para o meu lado,
me empurrou carinhosamente para o meio da roda,
antes que o grupo quintasse nova coleguinha.
O coro infantil entoou a cópia sempre repetida:

> "A menina está na roda
> Sozinha para cantar.
> Se a menina não souber,
> Prisioneira vai ficar..."

Com surpresa de todos levantei alto minha voz,
que minha mãe gostava de ouvir nas minhas cantorias
                                                  [infantis,
ajudando a ensaboar a roupa:

> "Estou presa nesta roda
> Sozinha pra cantar.
> Sou filha de lavadeira,
> Não nasci para brincar.
> Minha mãe é lavadeira,
> lava roupa o dia inteiro.
> Busco roupa e levo roupa
> Para casa vou voltar."

Era o fim do recreio.
Irmã Úrsula sacudiu a campainha
visivelmente emocionada.

Pelas janelas que abriam para o pátio,
tinham aparecido algumas cabeças de religiosas.
Professoras e alunas maiores, atraídas pelo timbre
                                                  [cristalino

de minha voz adolescente,
magricela a quem ninguém dava a idade certa,
tinha nesse tempo onze anos.
A roda se desfez em correrias.
A irmã Úrsula me ajudou a ajeitar a cesta alongada
na cabeça, equilibrou a trouxa
que minha mãe devia lavar, passar e engomar.
Perguntou pela minha idade e se frequentava escola.
Eu disse que não tinha tempo, porque ajudava mãe a lavar roupa.
Ela abriu a boca, ia dizer alguma coisa, pensou,
e disse: "Depois".

Antiguidades

Quando eu era menina
bem pequena,
em nossa casa,
certos dias da semana
se fazia um bolo,
assado na panela
com um testo de borralho em cima.

Era um bolo econômico,
como tudo, antigamente.
Pesado, grosso, pastoso.
(Por sinal que muito ruim.)

Eu era menina em crescimento.
Gulosa,
abria os olhos para aquele bolo
que me parecia tão bom
e tão gostoso.

A gente mandona lá de casa
cortava aquele bolo
com importância.
Com atenção.
Seriamente.
Eu presente.
Com vontade de comer o bolo todo.

Era só olhos e boca e desejo
daquele bolo inteiro.

Minha irmã mais velha
governava. Regrava.
Me dava uma fatia,
tão fina, tão delgada...
E fatias iguais às outras manas.
E que ninguém pedisse mais!
E o bolo inteiro,
quase intangível,
se guardava bem guardado,
com cuidado,
num armário, alto, fechado,
impossível.

Era aquilo uma coisa de respeito.
Não pra ser comido
assim, sem mais nem menos.
Destinava-se às visitas da noite,
certas ou imprevistas.
Detestadas da meninada.

Criança, no meu tempo de criança,
não valia mesmo nada.
A gente grande da casa
usava e abusava
de pretensos direitos
de educação.

Por dá-cá-aquela-palha,
ralhos e beliscão.
Palmatória e chineladas
não faltavam.
Quando não,
sentada no canto de castigo
fazendo trancinhas,
amarrando abrolhos.
"Tomando propósito."
Expressão muito corrente e pedagógica.

Aquela gente antiga,
passadiça, era assim:
severa, ralhadeira.

Não poupava as crianças.
Mas, as visitas...
– Valha-me Deus!...
As visitas...
Como eram queridas,
recebidas, estimadas,
conceituadas, agradadas!

Era gente superenjoada.
Solene, empertigada.
De velhas conversas
que davam sono.
Antiguidades...

Até os nomes, que não se percam:
D. Aninha com Seu Quinquim.
D. Milécia, sempre às voltas
com receitas de bolo, assuntos
de licores e pudins.
D. Benedita com sua filha Lili.
D. Benedita – alta, magrinha.
Lili – baixota, gordinha.
Puxava de uma perna e fazia crochê.
E, diziam dela línguas viperinas:
"– Lili é a bengala de D. Benedita."
Mestra Quina, D. Luisalves,
Saninha de Bili, Sá Mônica.
Gente do Cônego Padre Pio.

D. Joaquina Amâncio...
Dessa então me lembro bem.
Era amiga do peito de minha bisavó.
Aparecia em nossa casa
quando o relógio dos frades
tinha já marcado 9 horas
e a corneta do quartel, tocado silêncio.
E só se ia quando o galo cantava.

O pessoal da casa,
como era de bom-tom,
se revezava fazendo sala.
Rendidos de sono, davam o fora.
No fim, só ficava mesmo, firme,
minha bisavó.

D. Joaquina era uma velha
grossa, rombuda, aparatosa.
Esquisita.
Demorona.
Cega de um olho.
Gostava de flores e de vestido novo.
Tinha seu dinheiro de contado.
Grossas contas de ouro
no pescoço.

Anéis pelos dedos.
Bichas nas orelhas.
Pitava na palha.
Cheirava rapé.
E era de Paracatu.
O sobrinho que a acompanhava,
enquanto a tia conversava
contando "causos" infindáveis,
dormia estirado
no banco da varanda.
Eu fazia força de ficar acordada
esperando a descida certa

do bolo
encerrado no armário alto.
E quando este aparecia,
vencida pelo sono já dormia.

E sonhava com o imenso armário
cheio de grandes bolos
ao meu alcance.

De manhã cedo
quando acordava,
estremunhada,
com a boca amarga,
– ai de mim –
via com tristeza,
sobre a mesa:
xícaras sujas de café,
pontas queimadas de cigarro.
O prato vazio, onde esteve o bolo,
e um cheiro enjoado de rapé.

A fala de Aninha
(É abril...)

É abril na minha cidade.

É abril no mundo inteiro.

Sobe da terra tranquila um estímulo de vida e paz.

Um dossel muito azul e muito alto cobre os reinos de Goiás.

Um sol de ouro novo vai virando e fugindo a longínquas partes
[do mundo.

Desaguaram em março as últimas chuvadas do verão passado.

É festa alegre das colheitas.

Colhem-se as lavouras.

Quebra-se o milho maduro.

Bate-se o feijão

já se cortou e se empilhou o arroz das roças.

As máquinas beneficiam o novo

e as panelas cozinham depressa o feijão novo e gostoso.

A abundância das lavouras é carreada para depósitos e mercados.

Encostam-se nas máquinas os caminhões em carga completa.
Homens fortes, morenos, de dorso nu e reluzente,
descarregam e empilham a sacaria pesada.
Fecham-se quarteirões de ruas para a secagem de grãos
que secadores já não comportam.
Gira o capital, liquida-se nos bancos, paga-se no comércio.
As lojas faturam alto. É um abril de bênçãos e aleluias
e cantam nas madrugadas todos os galos do mundo.
Os pássaros, os bichos se fartam nas sobras do que vai perdido
pelas roças. Respigam aqueles que não plantam nem colhem
e têm direito às sobras dos que plantam e colhem.
Mulheres e crianças estão afoitas dentro das lavouras, brancas,
de algodão aberto, colhendo e ensacando os capulhos de neve.
Sobe dos currais serenados a evaporação acre do esterco e da urina
deixados pelos animais de custeio.

O leite transborda dos latões no rumo das cooperativas.
Borboletas amarelas voam sobre o rio.
E um sobrevivente bem-te-vi lança seu desafio
pousado nas palmas dos coqueiros altos.
É abril no mundo inteiro. Os paióis estão acalculados.
As tulhas derramando. Mulheres e crianças de sítio vestem roupa nova.
E a vida se renova na força contagiante do trabalho.
Um sentido de fartura abençoa os reinos da minha cidade.

Lembranças de Aninha
(Os urubus)

Eu os vejo, através das lentes da recordação.
Os urubus. Nos telhados e muros da cidade
abriam suas negras asas espanejando suas penas chuvadas,
para retornarem ao voo alto.
Às vezes, vinham doentes, claudicantes,
comboiados pelos parceiros em círculo,
"planejando o vento", dizia a gente mais antiga da cidade.

Baixavam na velha cajazeira do quintal,
tomavam seus fôlegos, passavam para a murada,
depois para a terra.
Os companheiros se mandavam de volta e o perrengue ficava.
As galinhas assustadas, arredias.
Depois se acamaradavam.
O doente, jururu, perdida sua capacidade de voo,
estava ali encantoado, soturno, asa caída, desarvorado.

E vinham os companheiros, eu vi, escondida na moita de bambu,
alimentavam seu doente, devolviam, repassavam seus comeres
bico a bico para a goela do urubu mofino, o que traziam no papo,
bucho o que seja, como fazem os pássaros com seus filhotes.
Certo, que a ave combalida recebia sua ração alimentar
e conseguia sobreviver.
Água não faltava, nesse tempo a bica era prolongada até o quintal,
onde as galinhas criavam redadas de pintos
que se faziam comboios de frangos.
Um dia um urubu refeito, da terra passava para o muro,
experimentando a força. E logo depois, junto aos outros,
ia de volta a sua vida de ave carniceira.
Ninguém judiava do doente. Eu gostava de ver
quando os companheiros ficavam perto alimentando o parceiro.
Minha bisavó dizia que davam exemplo para os vivos (humanos).

Houve tempo na cidade em que era proibido matar urubu.
Postura da Intendência que os tinha como auxiliares da limpeza
[pública
e eles se fartavam lá pelo matadouro, onde eram atiradas
cabeças e vísceras das rezes abatidas.

Não raro aparecia com o bando um urubu-rei,
com sua cabeça vermelha e seu porte maior.
Onde foram os bandos negros que faziam seus rodeios
no azul do espaço? Onde beija-flores e andorinhas,
os negros anus gritadores, almas-de-gato dos assoreados do rio?
E você, pequeno tico-tico, que mereceu mesmo uma composição
[musical,

"Tico-tico no Fubá", e foi nome de uma das melhores e mais antigas
revistas infantis? E o sabido martim-pescador, tão certeiro
nas suas incursões pelo rio, levantando no bico recurvo o peixe
[pressentido?
Onde os bem-te-vis dos altos coqueiros
com seus constantes desafios? Onde mais esses poetas alados
marcados pela juriti das velhas mangueiras?
Foram-se para sempre.

O boi de guia

O menino tinha nascido e se criado em Ituverava, da banda de Minas. O pai era um carreiro de confiança, muito procurado para serviços de colheitas. Tinha seu carro antigo, de boa mesa rejuntada, fueirama firme, esteirado de couro cru, roda maciça de cabiúna ferrada, bem provido o berrame de azeite e com seu eixo de cocão cantador que a gente ouvia com distância de légua. Desses que antigamente alegravam o sertão e que os moradores, ouvindo o rechinado, davam logo a pinta do carreiro.

O pai tinha o carro e tinha suas juntas redobradas em parelhas certas, caprichadas, bois erados, retacos, manteúdos, de grandes aspas e pelagem limpa. Era só o que possuía. O canto empastado onde morava, família grande, meninada se formando e sua ferramenta de trabalho – os bois e o carro.

Trabalhava para os fazendeiros de roda, principalmente na colheita de café e mantimentos, meses a fio, enchendo tulhas e paióis vazios. Quando acabava o café, era a cana, do canavial para os engenhos, onde as tachas ferviam noite e dia e purgavam as grandes formas de açúcar, cobertas de barro.

O candeeiro era ele, pirralho franzino, esmirrado, de cinco anos.

Os pais antigos eram duros e criavam os filhos na lei da disciplina. Na roça, então, criança não tinha infância. Firmava-se nas pernas, entendia algum mandado, já tinha servicinho esperando.

Aos quatro anos montava em pelo, cabresteava potranquinha, trazia bezerro do pasto, levava leite na cidade e entregava na freguesia.

Era botado em riba do selote, não alcançava estribo. Se descesse, não subia mais. Punha o litro nas janelas.

O cavalo em que montava era velho, arrasado, manso e sabido. Subia nas calçadas, encostava nos alpendres, conhecia as ruas, desviava-se das buzinas e parava certo nos fregueses.

Quando de volta, recolhendo a garrafada vazia, gritava desesperadamente:

– Garrafa do leite... vaziiia!...

Um da casa, atordoado com a gritaria, se apressava logo a entregar o litro requerido.

Ajudava o pai. Desde que nasceu, contava ele. Nunca se lembra de ter vadiado como os meninos de agora. Quando começou a entender o pai, a mãe, os irmãos, o cachorro e o mundo do terreiro, já foi fazendo servicinho. Catava lenha fina, garrancheira pra o fogão, caçava pela saroba os ninhos das botadeiras, ia atrás dos peruzinhos e já quebrava xerém às chocas de pinto. Do pasto trazia os bois de serviço. Seu gosto era vir pendurado no chifre do guia barroso – tão grande, tão forte, tão manso – sempre remoendo seus bolos de capim, nem percebia o fanico do menino que se pendurava nele e, se percebia, também não se importava, não dava mostras.

Acostumou-se com os bois e os bois com ele. Sabia o nome de todos e os particulares de cada um. Chamava pra mangueira. O pai erguia nos braços possantes e passava as grandes cangas lustrosas; encorreiava os canzis debaixo das barbelas, enganchava o cambão, encostava o coice, prendia a cambota. Passava mão na vara, chamava. As argolinhas retiniam e o carro com sua boiada arrancavam a caminho das roças.

Com cinco anos, era mestre de guia, com sua varinha argolada.

Às vezes, o serviço era dentro de roças novas, de primeira derrubada, cheia de tocos, tranqueirada de paulama, mal-encoivaradas, ainda mais com seus muitos buracos de tatu.

O carreador, mal-amanhado, só dava o tantinho das rodas. Os bois que aguentassem o repuxado, e o menino, esse, ninguém reparava nele. Aí era que o carro vinha de caculo. A colheita no meio da roça. Chuvas se encordoando de norte a sul, ameaçando o ar do tempo mudado e o fazendeiro arrochando pressa.

A boiada tinha de romper a pulso. O aguilheiro na frente, pequeno, descalço, seu chapeuzinho de palha, seu porte franzino, dando o que tinha.

Sentia nas costas o bafo quente do guia. Sentia no pano da camisa a baba grossa do boi. O pai atrás, gritando os nomes, sacudindo o ferrão. A boiada, briosa e traquejada, não queria ferrão no couro, a criança atrapalhava. Aí, o guia barroso dava um meneio de cabeça, baixava a aspa possante e passava a criança pra um lado.

O menino tornava à frente. Outra vez a baba do boi na camisa, o grito do carreiro afobado, o tinido das argolinhas e a grande aspa passando a criança pra um lado.

O pai gritou frenisado:

– Quem já viu aguiero chamá boi de banda... Passa pra frente, porqueira...

– Nhô pai, é o boi que arreda...

– Passa pra frente, covarde. Deixa de invenção inzoneiro...

O menino enfrentou de novo. O homem sacudiu a vara pondo reparo. A argola retiniu, as juntas arrancam. O barroso alcançou a criança. Ia pisar, ia esmagar com sua pata enorme e pesada.

Não pisou, esmagou. Virou o guampaço num jeito e passou a criança pra um lado sem magoar. Aí o velho carreiro viu... o boi pela primeira vez...

Sentiu uma gastura e pela primeira vez uma coisa nova inchando seu coração no peito e alimpou uma turvação da vista na manga da camisa.

Cora Coralina nasceu em Villa Boa de Goyaz, agora apenas Goiás, em 1889. Embora escrevesse desde mocinha, seu primeiro livro foi publicado em 1965, quando tinha 76 anos. Em prosa e poesia, seus livros revelam uma sábia mulher contando de sua terra e de sua gente, com paixão. Ao escrever sobre seu mundo, consegue ser entendida por todos.

Carlos Drummond de Andrade escreveu: "Cora Coralina é a pessoa mais importante de Goiás. Mais que o governador, as excelências, os homens ricos e influentes do Estado... Cora Coralina, um admirável brasileiro". Essa admirável escritora nos deixou em 1985.

Claudia Furnari é designer gráfica e ilustradora. Nasceu em São Paulo, em 1976, e aí se formou em Artes Plásticas. Como designer fez dezenas de livros e revistas, e trabalhou na comunicação visual de projetos da área cultural, como grupos musicais, festivais e exposições.

Sobre o processo de ilustração deste livro, ela disse: "A partir de elementos muito concretos, as *Lembranças de Aninha* me levaram a visitar lugares de extrema subjetividade. Ler e reler a poesia de Cora, conhecer cada termo, foi uma experiência maravilhosa".

Referências bibliográficas dos textos aqui reunidos

ESTÓRIAS DA CASA VELHA DA PONTE.
São Paulo: Global Editora, 2006.
   O boi de guia (p. 41-44)

O TESOURO DA CASA VELHA.
São Paulo: Global Editora, 2014.
   A menina, as formigas e o boi (p. 37-40)

POEMAS DOS BECOS DE GOIÁS E ESTÓRIAS MAIS.
São Paulo: Global Editora, 2014.
   Antiguidades (p. 38-43)

VINTÉM DE COBRE: MEIAS CONFISSÕES DE ANINHA.
São Paulo: Global Editora, 2001.

   Livro I – Meias confissões de Aninha
   O mandrião (p. 29-30)
   "Ô de casa!" (p. 66-69)
   Dona Otília (p. 70-73)
   Sequências (p. 131-132)

   Livro II – Ainda Aninha...
   Imaginários de Aninha (A roda) (p. 141-142)
   A fala de Aninha (É abril...) (p. 179-180)
   Lembranças de Aninha (Os urubus) (p. 181-183)

   Livro III – Nos reinos de Goiás e outros
   Os gatos da minha cidade (p. 203-204)
   Bem-te-vi... Bem-te-vi... (p. 212-213)

**Outras obras de Cora Coralina
publicadas pela Global Editora**

Adultas
Doceira e poeta
Estórias da casa velha da ponte
Melhores poemas Cora Coralina
Meu livro de cordel
O tesouro da casa velha
Poemas dos becos de Goiás e estórias mais
Villa Boa de Goyaz
Vintém de cobre: Meias confissões de Aninha

Infantis
A menina, o cofrinho e a vovó
A moeda de ouro que um pato engoliu
As cocadas
Contas de dividir e trinta e seis bolos
O prato azul-pombinho
Os meninos verdes
Poema do milho
De medos e assombrações